L'ÉPOQUE,

MORALE ET LITTÉRAIRE,

POËME SATIRIQUE;

PAR

BRÛLEBEUF-LETOURNAN,

AUTEUR DU POEME HISTORIQUE EN IV CHANTS, AVEC UN ÉPILOGUE, INTITULÉ : *LE RETOUR A L'EMPIRE*, OU *LA FRANCE RÉGÉNÉRÉE*

> Nous avons plus besoin, malgré l'erreur commune,
> De talents, de vertus, que de sale fortune!

PARIS,
E. DENTU, LIBRAIRE-ÉDITEUR,
PALAIS-ROYAL.

1859

L'ÉPOQUE,

MORALE ET LITTÉRAIRE,

POËME SATIRIQUE.

IMPRIMERIE DE BEAU, A SAINT-GERMAIN-EN-LAYE.

L'ÉPOQUE,

MORALE ET LITTÉRAIRE,

POËME SATIRIQUE;

PAR

BRÛLEBEUF-LETOURNAN,

AUTEUR DU POËME HISTORIQUE EN IV CHANTS, AVEC UN ÉPILOGUE INTITULÉ :
LE RETOUR A L'EMPIRE, OU LA FRANCE RÉGÉNÉRÉE.

Nous avons plus besoin, malgré l'erreur commune,
De talents, de vertus, que de sale fortune!

PARIS,
E. DENTU, LIBRAIRE-ÉDITEUR,
PALAIS-ROYAL.

1859

AVANT-PROPOS.

L'abaissement général des mœurs et des lettres, à une époque affairée comme la nôtre, étonne moins que personne ceux qui s'en affligent le plus : n'est-il pas la conséquence logique des temps de positivisme, de cupidité, d'aspirations incessantes vers les jouissances matérielles ; des temps, aussi, de mauvais goût intellectuel et social que nous traversons? Ce qui seul surprend, et ne s'explique guère, c'est l'impassibilité, le silence que nos moralistes, que nos libres penseurs et diseurs, et aussi la critique littéraire, ensemble et d'accord, affectent de garder en présence du péril extrême et simultané que courent ces deux nobles sœurs d'alliance, qu'ils avaient charge de défendre, et qu'ils laissent aller, de compagnie, sans même tenter d'y mettre obstacle, à leur désolante ruine.

En les vouant ainsi, en quelque sorte, à l'abîme où elles n'ont plus qu'à tomber, ils ont déserté leur mission, déchiré leur mandat ; c'est évident !... Eh bien ! qu'il soit permis à la Satire, cette véhémente et dernière raison de la raison même, à la vaillante fille du bon sens outragé et de la patience à bout, de se substituer courageusement à ces timorés de la presse, à ces défaillants du devoir, et, dans la conviction qu'elle a d'en remplir un, ici, digne d'elle, de parler haut et ferme au Pays, en leur lieu et place, au risque d'y demeurer impuissante : elle aura du moins protesté.

Sa résolue initiative, qu'ils auront provoquée, si elle doit avoir des imitateurs et de l'écho, qui sait, qui peut dire qu'elle n'amènera pas, — ce qu'elle souhaite ! — leur conversion, leur repentir d'une abstention coupable ? qu'elle ne réveillera pas, en leur me. l'honnête pensée conservatrice qui n'y faisait, sans doute, que sommeiller ? Quand l'inconséquence humaine, après s'être égarée, peut aboutir à un pareil résultat, c'est un progrès qu'il faut accepter, en le bénissant. Qu'ils se hâtent donc ! L'accord, de partout, sera le salut, le triomphe des mœurs et des lettres, en butte, dans un siècle qu'on dit éclairé, aux attaques furibondes, aux intempéries froides et moqueuses de l'époque aurifère actuelle ! Mais, alors même que, venus à résipiscence, ces retardataires en civisme utile entonneront l'hymne, plus ou moins palinodique du lendemain, toujours à l'usage de ceux qui n'ont pas marché la veille ; la Satire, elle, sans avoir aucunement à jouter de verve rétrospective avec eux, aura fait mieux qu'une œuvre littéraire quelconque, mieux que de bons ou de méchants vers : il s'agit bien ici de cela ! Elle aura fait à propos acte de courage, elle aura fait une bonne action : *Suum cuique*.

L'ÉPOQUE,

MORALE ET LITTÉRAIRE,

POËME SATIRIQUE.

Depuis dix ans et plus, de gloire et de bonheur,
Qu'en élu des Français gouverne l'Empereur,
Que, de Crimée en Chine, il lança leur vaillance,
Le réveil politique a sonné pour la France.
D'un nom sublime et cher ressaisissant l'orgueil,
Elle embrasse l'Europe, et n'en est plus l'écueil;
Du glaive et du trident l'alliance immortelle
Mesure, au genre humain, la paix universelle,
Et le progrès en sort! D'un bond prodigieux
Il supprime l'espace, avoisine les lieux,
Communique, en une heure, aux limites du monde
Que le commerce étreint, de son flot d'or inonde!

A l'œuvre du Ciel même et des Napoléons,
Apportons notre hommage, ô Poëtes, chantons !
Le réveil des esprits, le réveil littéraire,
Ce lustre aussi du trône ! à l'œuvre est nécessaire.
Au plus ferme pouvoir, comme à tout peuple heureux,
Il faut cette auréole : allumons-la sur eux !
Pour la France échappée aux plus rudes alarmes,
La victoire, la paix, l'industrie ont des charmes,
Certes, qu'elle ne peut trop longtemps savourer,
Mais elle a d'autres champs encore à labourer;
On l'oublie, achevons ! Après cette entreprise,
La grande nation sera mieux reconquise.
D'abord les champs sacrés de la religion,
De la morale, hier mis en confusion !
En les cicatrisant d'odieuses blessures,
Puisons là, pour notre âge et les races futures,
L'horreur de l'anarchie et des profanateurs.
Les champs de la pensée illuminant les mœurs !
Ceux de l'histoire jointe à la philosophie,
Ces hauts enseignements pour apprendre la vie,
Ces bréviaires saints, les devoirs et les droits
De tous, et de chacun, des peuples et des rois !
Ceux de la docte étude et de l'intelligence,
Hélas ! s'amoindrissant à mesure qu'avance
Une jeunesse molle, ardente au seul plaisir,
Dont l'âme inoccupée étouffe l'avenir !

Les champs de la parole et des emplois superbes,
Où, de vains tournesols, de malfaisantes herbes,
Ne croîtront plus, sarclés, pour nous avoir valu
Trop d'esprits merveilleux.... dans un cœur sans vertu !
S'il est un candidat à nommer entre mille,
Le plus droit, sans phraser, sera le plus utile,
Et, comme en beau langage a dit Quintilien,
Le sublime orateur sera l'homme de bien (1).
Les champs enfin, ceux-là nourrissant la patrie !
Des laboureurs la Chine honore l'industrie :
Que des nôtres, — martyrs du sol ensemencé,
Des camps aussi, — le sang soit mieux récompensé !

Ces boulevards d'honneur que la France désire,
Que lui veut assurer le sauveur de l'Empire,
Elle y court ! l'Empereur ne lui faillira pas,
Et la société le suit, marque le pas.
A l'abri du pouvoir que tout prospère et brille !
L'égalité, la loi, le devoir, la famille,
Du riche la moisson, du pauvre le travail !...
Mais que le train du jour, s'inféodant au rail,
Festinant à la Bourse, où bouillonne l'orgie,
Ne fasse plus outrage au savoir, au génie,
Aux lettres, dont il gêne, emprisonne l'élan,

(1) Vir bonus, dicendi peritus.

Qu'il cloue au drame obscène, au stupide roman !
Qu'est-ce, pour nos joueurs à la hausse, à la baisse,
Qu'un noble écrit, que l'art?... moins qu'un billet de caisse.
Mais, ce mépris du beau, cet âpre amour du gain,
Que la presse indignée en hâte le déclin !
Que le bon sens public, sifflet opiniâtre,
En ait raison au Louvre, aux salons, au théâtre !
Mais que les chercheurs d'or, exclusifs des talents,
N'attachent plus la gloire au comptoir des marchands !
Du sordide intérêt ne prêchent plus l'exemple !
A l'écu de cinq francs ne dressent plus un temple !
Que leur trafic infâme et leur lucre pillard,
Au sein de l'indigent ne soient plus un poignard,
Pour les fils de famille une école de vices !
Qu'ils cessent, — confinés dans leurs noires coulisses, —
D'insulter, plats Mondors, aux nobles passions
Qui ne jalousent pas, eux, et leurs millions !
Nous avons plus besoin, malgré l'erreur commune,
De talents, de vertus, que de sale fortune !
L'argent ne fut jamais si commun parmi nous :
Est-ce un bien ? L'or, lui-même, est dans la main de tous;
Le Frazer, à pleins bords, nous le charrie en France,
Oui ; mais les mœurs et l'art y sont en décadence.

Notre misère est là ; c'est un fait avéré
Que l'on n'ose pas dire, et que moi je dirai.

L'or, de l'or avant tout, nous met à ce régime !
Paris en est tout jaune et l'a fort en estime.
Vainement la province y pense résister :
Le flot monte, il la gagne et voudra persister.
Promenant, au hasard, la soudaine richesse,
Son éblouissement achève la détresse
Des lettres et des mœurs, tout à fait qu'il tuera !
Le règne de l'argent, comme un autre Attila,
— Aux plaines de Châlons qui porta le ravage, —
Si, des Francs, nos aïeux, nous n'avons le courage,
Si nous ne courons sus au moderne fléau,
Des splendeurs du pays creusera le tombeau.
La science ploiera sous la riche ignorance ;
L'or, nouveau privilége, asservira la France,
Il tiendra lieu d'esprit, de gloire, de vertu :
Eh ! que sera-ce donc, quand nous aurons perdu
L'urbanité, la foi, l'élan chevaleresque,
Que le positivisme, esprit lourd et tudesque,
Connaît de nom, peut-être, et commence à traiter
De stériles valeurs qu'il ne peut escompter?...
De la société le péril est immense !
La fièvre, en tous les rangs, d'une prompte opulence,
Des pères passe aux fils, et la cupidité
— Où la fraude se glisse, où meurt la probité, —
Se tournant en fureur d'un luxe déplorable,
Les mène, en équipage, à leur fin misérable.

De vous mal observer, pères, voilà le fruit!
La jeunesse rêveuse à vos travers s'instruit.
Vos fils, morts au devoir, rien plus ne les enflamme!
L'amour du beau, du grand, ne bat plus dans leur âme!
Leur ayant trop appris à n'aimer que l'argent,
Votre punition? elle est dans votre enfant,
Ce dandy gracieux qui ne fait rien, dépense,
Et d'un père imbécile hérite par avance.
Jouir est tout: au large, à la course, à l'instant!
L'artiste à l'atelier, au comptoir le marchand,
Les journaux, sans le timbre, affermant leurs annonces,
Sans nous tarifer moins réclames et réponses;
L'inventeur d'un ballon, élégant casse-cou,
Qui nous envolera de Paris à Moscou;
Thiers, déchu d'une histoire écrite à l'étourdie,
Qui, ne l'écoulant plus, la met en loterie (1)
Dumas, du grand Balzac qui n'est que le profil,
Pour dater du Caucase, allant trouver Schamyl;
Tout autant que Dumas voyageur intrépide,
Théophile Gautier, au Moniteur avide
Livrant, de la Néva, des récits-feuilletons
Tout chauds élaborés au milieu des glaçons;
Sand en ses bois prosant; le poëte sonore,
Lamartine vendant les vers qu'il fait encore;

(1) Elle est donnée en prime aux abonnés du *Constitutionnel*.

Nos cent fabricateurs de romans-saletés,
Où les vices du jour, dansant décolletés,
Sollicitent la vierge et l'extrême jeunesse
A secouer le joug d'une vaine sagesse,
A céder, sans remords, à d'aveugles penchants ;
Tant d'auteurs à la mode, à flots édifiants
Epanchant le venin d'une excentrique vie,
Qui, peut-être, est la leur, plus ou moins repentie :
Tout ce monde essoufflé court au même chemin,
A l'argent ! Il est, certe, un légitime gain
Que tout labeur espère, auquel il doit prétendre ;
A l'ouvrier son pain ! mais il faudrait s'entendre :
Il faudrait l'interdire au labeur dangereux
De rêveurs dégoûtants, de tristes songe-creux,
A l'égal d'un Proudhon vomissant le blasphême ;
L'accorder magnifique au mérite suprême,
Qui n'a pas, lui, du jour les appétits gloutons :
La gloire, avec l'aisance, et non les millions !
C'est pitié que d'y voir aspirer la sottise :
Qui nous délivrera, tôt, de sa convoitise ?

Il semble à trop de fous, dont le siècle est rempli,
Qu'il faille un million pour nous rendre accompli !
Qu'il faille un million, s'il vous plaît ? de salaire
Au moindre travailleur du monde littéraire ;
Aux petits Mirabeaux, d'eux-mêmes incompris ;

A ces historiens, de mensonges nourris,
Qui, pensant excuser de monstrueux coupables,
Nous en ont suscité, peu s'en faut, de semblables;
A ces hommes d'État, de sinistre conseil,
Qui voulaient nous prouver, — moins clair que le soleil, —
Que l'on peut, sans péril, jouer à l'anarchie,
Et qu'avec le désordre on sauve la patrie!
Un million? donnez!... Le cupide et le fat
Promptement, à ce compte, épuiseraient l'État;
Ainsi que maints tribuns sautés à la fortune,
En tomberaient bientôt, trouant comme eux la lune,
Et démasseraient l'or, dans leur luxe princier,
Aussi vite, en palais, qu'eût changé leur grenier.
Homère, esprit divin! Socrate, âme divine!
Molière, Despréaux, Corneille et toi, Racine!
Vous eûtes à lutter contre l'adversité,
Vous eûtes pour tout bien la médiocrité;
Et de petits auteurs, aux lauriers éphémères
Qui moisissent déjà..., seraient millionnaires!

Nos maîtres de la scène, à ces déportements
Qu'opposent-ils?... le drame! Ils ont pris ces moments,
— Sous prétexte, en peignant le vice, qu'on le fauche, —
Pour livrer le théâtre à l'or, à la débauche,
A l'adultère, au vol, aux lionnes en flair
Des dépouilles du riche et du prix de la chair :

C'est *le Fils naturel*, d'odeur nauséabonde !
L'Ève au camélia, Vautrin, le Demi-monde !
Tant d'autres nudités, fresques de lupanars,
Que le théâtre achète, impose à nos regards,
Sans respect pour nos fils, nos femmes et nos filles !
Est-ce assez se jouer des mœurs et des familles ?
L'État voit ce désordre, il pourrait l'arrêter :
Mais n'est-ce pas à nous, plutôt, de le tenter ?
A nous que, de plus près, ces impuretés touchent,
Dont il est bien permis que les lois s'effarouchent,
Sans compter que la scène et que l'art avilis,
Brûlent de s'affranchir des claqueurs de Paris ?
Les claqueurs de Paris ? la plaie est là ! la France,
Du théâtre, après tout, leur doit la décadence ;
Et ces pestiférés, à nos départements
Injectant, de Paris, les applaudissements,
— Leur semblant, bien plutôt, que, de force ou de ruse,
Leur main payée extorque au payant qu'elle abuse, —
Au reste de la France ont étendu l'écueil
Où Paris a fait choir l'art et les mœurs en deuil.
Les claqueurs de Paris ? aidés de la réclame,
Ils règnent ! Le théâtre est ce commerce infâme,
L'agio de l'esprit, dont ils sont les courtiers,
Et les Romains du lustre y gagnent leurs lauriers !
Qu'on leur escompte en masse un ordurier salaire,
Ils font monter aux cieux l'œuvre la plus vulgaire.

Le goût proteste : ah ! oui ! ses protestations
N'empêchent pas les cent représentations !...
En faisant à l'auteur cette grasse fortune,
La réclame et la claque à leur tour s'en font une ;
Mais qu'un auteur, plus fier, refuse le tribut,
On les verra, *gratis*, enterrer son début ;
Et Molière, et Corneille, et Racine, et Voltaire,
Ces grands hommes toujours que la scène révère,
S'ils revenaient? auraient à subir aujourd'hui
Le sifflet des claqueurs... ou leur servile appui.
Et la presse, excepté *le Réveil*, qui la tance,
Devant ces lâchetés garde un lâche silence !...

Pourquoi l'art dramatique est-il tombé si bas ?
C'est que, tous les journaux, jusqu'aux anciens *Débats*,
— De la critique, alors, sous Geoffroi, le domaine, —
De nos jours l'abdiquant, laissant râler la scène,
Au lieu, — pour l'affermir sur de meilleurs jarrets, —
De lancer, résolus, leurs foudroyants arrêts
Sur ces indignités, ces manœuvres, ces vices,
En sont des complaisants qui rendent des services,
Et que, tout en voyant comme les choses vont,
Ils n'osent les flétrir d'un solennel affront.

Tout désastre a sa cause où la mollesse règne.
Celui qui nous menace, avant qu'il nous atteigne,

— Et son ravage aussi, que l'œil peut mesurer, —
C'est en allant à lui qu'il faut le conjurer !
Ainsi que l'Empereur, qu'en tout rien ne fatigue,
Aux inondations s'offrant comme une digue,
Aux fleuves débordés opposait, en héros,
Son intrépide sein, s'aventurait aux flots,
N'écoutait que la voix de l'humanité sainte....
Au torrent de l'époque opposons-nous sans crainte !
L'enfer t'aura vomi, détestable fléau,
Dans l'espoir d'assombrir le règne le plus beau :
Tu n'y parviendras pas !... s'il est vrai que nous sommes
Dignes de l'Empereur, et devant lui des hommes.
Que les honnêtes gens s'entendent comme un seul !
Qu'ils échappent la France à l'ignoble linceul
Que le siècle d'argent, du faux goût lui prépare,
Où veut l'ensevelir, vivante, l'or ignare !
Levons-nous ; secouons notre honneur endormi,
Et marchons, pour le vaincre, au cœur de l'ennemi.

A la Bourse est son camp !... et ses auxiliaires
Sont les coulissiers ! A vous, leurs tributaires,
Parisiens, bourgeois, rentiers et travailleurs,
A vous de vous garer de ces agioteurs !
S'il en est dans vos rangs, de ces loups, qu'on les chasse !
Ne laissez rien à mordre à cette gent vorace ,
Faites vous-même, et droits, prospérer votre argent :

Abordez le parquet, mais fuyez l'intrigant.
« — Le rail est franc, dit-il : en voulez-vous? — Tarare!
» — Jouez donc sur le quatre ; on y gagne. — C'est rare!
» — Rouen monte, vendez ! — pas si sot, car j'en prends !
» — Achetez mon asphalte ? — au contraire, j'en vends !
» — Lisez ce prospectus ; il promet des merveilles.
» — Les promesses jamais n'entrent par mes oreilles.
» — J'ai du San-Francisco ; c'est de l'or. — Pas besoin !
» — Allons-nous au Frazer ensemble ? — C'est trop loin ! »
Cet homme alors vous quitte et trouve ailleurs à faire
Une dupe, et non vous ; car sachez, d'ordinaire,
Qu'avec ces tripoteurs, officieux et doux,
Le profit est pour eux, et la perte pour vous.

Si, des manieurs d'or (1), la Bourse est la redoute,
Si l'on y fait fortune, on y fait banqueroute ;
C'est un moyen encor, parbleu ! de s'enrichir :
On est millionnaire à force de faillir !...
Flétrissons sans pitié ces manéges infâmes.
La Bourse, en février, s'était ouverte aux femmes ;
On la leur ferme : erreur ! car ce sexe malin
Y fait jouer, pour lui, sous l'habit masculin.
Ces dames y perdront leurs dots, malgré le code ;
Leurs crinolines ? non ; il y va de la mode !

(1) Les mêmes que, dans son excellent livre, *M. Oscar de Vallée appelle les manieurs d'argent.*

En dépit du dégoût, du blâme universel,
Elles n'en veulent pas démordre ; c'est cruel !
Mesdames, cependant, taille élégante et fine
Charmera toujours mieux qu'énorme crinoline :
Affublez donc Cypris de vos bouffants atours !
Cypris ne sera plus la reine des amours:
Cédez, pour coûter moins ! vos maris débonnaires
Commencent à trouver que les femmes sont chères.

— Vous allez, me dit-on, contre votre argument,
Car, prenant femme tous, tous ont besoin d'argent !
Ne l'abîmez donc pas, cher monsieur, davantage —
L'argent ? mais à toute heure il dévaste un ménage !
Toilette, baccarat, bois de Boulogne, bal,
Que d'écueils il fait craindre au lien conjugal !
Sans compter tous les rangs, les uns contre les autres
De luxe combattant !.., Non, l'on n'est pas des nôtres,
Si l'on ne dit que l'or, allumant cet entrain,
Nous conduit droit au gouffre... où nous serons demain.

Quand on peut voir sombrer dans un commun naufrage
Le progrès incessant, puissance de notre âge,
L'art, ce noble instrument qui l'aide et le mûrit,
La sainteté des mœurs, les trésors de l'esprit,
Ces brillants attributs d'un peuple magnanime,
Qui s'est concilié l'Européenne estime,

N'est-ce pas un devoir, pour tous, de se ranger
En travers du torrent qui va nous submerger ?
Le terrible Attila, cet ennemi farouche,
— Ce nom qu'avec effroi murmure encor ma bouche, —
Que Geneviève en pleurs écarta de Paris,
Était moins redoutable, et ses Huns moins haïs,
Que les Huns, de nos jours, s'abattant sur Lutèce,
Pour convertir en nuit son éclat qui les blesse,
Pour violer la Muse et brûler l'Institut !...
L'orgueilleux romantique avait le même but,
Quand, armé de *Ruy-Blas*, de *Chatterton*... que sais-je ?
Il força les Quarante à lui donner un siége.
Le docte aréopage, autrefois immortel,
Depuis ce vaste échec ne passe plus pour tel :
Le commun des martyrs entre à l'Académie ;
Mon portier même y frappe, un portier de génie !...
Nous y viendrons tous deux ! Comme elle a fait éclat
D'ouvrir, pour dix lettrés, à vingt hommes d'État,
— Au mépris de sa règle, au mépris de l'art même, —
L'esprit lui défaillant, la voilà dans l'extrême :
Les grands n'entreront plus, les petits entreront...
Et tout le romantique est entré, haut le front !
Dépitée, elle émit alors cette consigne,
Que, pour être au fauteuil, il n'en est pas plus digne.
C'est depuis, cela dit, que les anciens du lieu,
Y voyant grimacer l'ombre de Richelieu,

Ne se contiennent plus d'une ironique joie,
Aux choix qu'à leurs côtés le romantique envoie.
O jubilation pour eux ! Les novateurs,
Enfants de Dubartas et de Ronsard, d'ailleurs,
Qui voulaient rendre l'art à sa fauve origine,
Qui juraient d'*enfoncer* Despréaux et Racine,
— Mais qui n'ont *enfoncé* qu'une élite de sots
Prenant pour le sublime un horrible pathos, —
« Tombés de chute en chute au trône académique, »
Ont vu tomber aussi leur gloire épileptique.
Le romantique est mort ! ses grands hommes d'un jour
Sont, après un vain règne, *enfoncés* à leur tour,
Et leur perdition, ces hautains réfractaires,
Relève, en les vengeant, leurs classiques confrères.

Faible espoir de retour et de fidélité
A la Muse promise à l'immortalité !
Au classique, entaché déjà dans ses doctrines !
A cet arbre, ébranlé déjà dans ses racines,
Sur qui la barbarie avouait le dessein
De se précipiter, une hache à la main !
Ivre, en mil huit cent trente, elle bondit armée ;
Et quand glissait la France, alors sombre, alarmée,
L'École fit sa pointe et gagna force écus :
C'est tout ! L'aigle revint du ciel, passa dessus,
Refoula dans leur nuit les fous et les rebelles,

De s'incarner en eux elle a pris le parti ;
Elle emprunte ses goûts à la littérature,
Tout aux riens, aux romans, décevante pâture !
Au théâtre, les mœurs qu'elle y court applaudir ;
Et ceux-ci, pour lui plaire, horreur !... et s'enrichir,
Les vices qu'autrefois ils frondaient... ils les parent !
Et, la voyant se perdre... encor plus ils l'égarent !
Sous Étienne et Bonald on n'en était pas là !...
Revenons au classique, aussi qui reviendra.

C'est peu, que, de par Scribe et ses moyennes classes,
Il eût moqué, sali la pureté des grâces ;
Il osa, du goût même empoisonnant le dieu,
Se poser, devant lui, comme un juste-milieu,
L'assouplir à l'argot d'un vieux temps politique,
Croiser la ligne droite avec la ligne oblique,
Marier l'*ut* de Faust au chant du séraphin,
L'orgue du coin de rue à l'orchestre divin,
L'un à l'autre accoupler les genres dissemblables,
Faire un tout de deux touts, ensemble inaccordables ;
Sous prétexte du vrai, blasphémer... le brutal !
Que le beau, c'est le laid ; l'absurde ?... l'idéal !
Et ce système abject arrivait à conclure
Qu'il est dans la raison, étant dans la nature !...
Dans celle inculte ? oui ; dans l'art suprême ? non.
L'idéal est le vrai pour l'humaine raison :

Laissons le réalisme à son ignoble rêve,
L'idéal aux instincts de l'homme, qu'il élève !

Hugo, qu'en ses beaux jours personne n'égala,
Aux *Contemplations* qui, plus tard, recula ;
Lamartine, aux splendeurs en diamants jetées,
Aux *Méditations*, qu'il n'a plus répétées,
Qu'il pourrait surpasser, de nerfs plus libéral,
Dans un dernier poëme, encor plus magistral :
Ces monarques sortis de notre poésie,
S'ils voulaient y rentrer, la rendraient à la vie :
Qu'ils cessent d'abdiquer ! Ne sont-ils pas certains
Que, revenus au camp, tous leur battraient des mains ?
Qu'Achilles refroidis de leur brillant théâtre,
Ils la retrouveraient, cette foule idolâtre,
Veuve de leurs succès... qu'ils ont pu déserter !
Et pourquoi ?... c'est encore à nous déconcerter.
Que voulaient-ils de mieux, ces princes du génie,
Que l'applaudissement de la douce patrie ?
Que la France... et le monde !... à leurs chants suspendus,
Saluant l'œuvre, en eux, d'Orphée et de Linus ?
Ils planaient dans les cieux, n'ayant plus où se prendre :
Eh bien ! de leur olympe ils ont voulu descendre,
Eux-mêmes, de leurs mains, briser leurs saints autels,
Pour d'étroits intérêts, comme d'étroits mortels !...

Couvert des saints respects de la publique estime,
Tout-puissant dans la guerre, et tout bon dans la paix,
Comblant son peuple heureux de bienfaits sur bienfaits,
Lui, l'Empereur lettré, l'orateur admirable !
Il n'aurait pas un règne aux lettres favorable ?...
Ce serait un non-sens : sous un Napoléon,
Toute gloire se monte à ce diapason !
Pour qu'au Louvre achevé ces gloires s'amoncellent,
Le moderne Boileau, que trop d'abus appellent,
Désiré de chacun, prophétisé de tous,
Il faut qu'il vienne !... Il vient ! profanes, à genoux !
Il vient faire accepter sa mission divine,
Sur l'art, qui s'abandonne, asseoir la discipline ;
Et quand, de son ancien répétant les leçons,
Il aura flagellé nos Cotins, nos Pradons,
Au réveil politique, — accompli pour la France
Par l'Empereur, son choix, son bras, sa providence, —
Il joindra, le poëte, à ce labeur promis,
Le réveil littéraire et moral du pays.

Mantes (Seine-et-Oise), 30 mars 1859.

FIN.

IMPRIMERIE DE BEAU, A SAINT-GERMAIN-EN-LAYE.

www.ingramcontent.com/pod-product-compliance
Ingram Content Group UK Ltd.
Pitfield, Milton Keynes, MK11 3LW, UK
UKHW020446220726
13923UKWH00005B/2369